霍竹山　著

赶牲灵

在『信天游』里，
我努力找寻生活的细节——这才是诗歌的黄金，
当然也是一切艺术生命力的黄金。

　　霍竹山，1965年8月生于陕北农村。中国作家协会会员，陕西省作家协会理事。在《诗刊》《人民文学》《解放军文艺》《青年文学》《中国作家》等近百家报刊杂志发表作品二百六十多万字，作品入选几十种选集，曾参加中国作家协会第八次全国作代会，诗刊社第二十二届"青春诗会"。著有诗集《农历里的白于山》等九部，散文集《聊瞭陕北》，长篇小说《野人河》《黄土地》等，曾获《诗选刊》年度诗人奖、陕西省优秀文学作品奖、柳青文学奖等。

一首让吴堡家喻户晓的民歌
——信天游长篇叙事诗《赶牲灵》序

李光泽

　　吴堡东临黄河，依山傍水，扼秦晋之交通要冲，自古就是兵家必争的战略要地，是陕北通往华东、华北的桥头堡。近年来，央视"舌尖上的挂面"让吴堡县声名鹊起，然而人们对吴堡的了解还远远不够，这里有被誉为"华夏第一石城"的吴堡石城，这里有比肩壶口瀑布的黄河二碛，这里有当代著名作家柳青故居和柳青文学馆，这里有永远唱不完的陕北民歌……

　　"走头头的骡子三盏盏的灯，戴上了铃子哇哇的那个声。白脖子的哈巴朝南咬，赶牲灵的人儿过来了。"早在上世纪四十年代，吴堡民歌手张天恩的一首《赶牲灵》就唱红了解放区！大半个世纪以来，这首从陕北吴堡唱响的经典民歌，至今已经过了数代人的传唱，从吴堡传遍陕北，从陕北走向全国，走向世界音乐艺术的舞台。张天恩也因此被著名作曲家吕骥称之为"陕北民歌大师"。

　　陕北民歌多以歌唱爱情为主，在高亢激昂的曲调中，藏着世世代代生活在此的陕北人民唱不完的思念，盼不尽的希望。数百年来，陕北父老乡亲们创作的民歌无以

1

计数。人们生于此，长于此，葬于此，中间的日子还要在这儿放开声唱着。常说这样一句话，天上的星星有多少，陕北民歌就有多少！在陕北瓦蓝的天空下，不管在哪儿听民歌，那绝对少不了一曲《赶牲灵》——因为这是经典中的经典。吴堡是民歌《赶牲灵》的发源地。在这片土地上，过去家家户户为了生存，为了光景日月，自然而然就有了"赶牲灵"这些淳朴、勤劳的人们。

吴堡连带晋陕蒙交界地区赶牲灵的路有多少条，没人能说得清。可以这样说，有山的地方就有路，有路的地方就有赶牲灵的人儿。头骡铃儿响，民歌在骡队行经的峡谷、高山间盘旋、回荡，成为鸽子的翅膀，老鹰的高度。如同说到陕北民歌就不得不说《赶牲灵》，而说到《赶牲灵》，那就不得不说吴堡民歌手张天恩。北方的爱情就像陕北的民歌唱的那样，朴素且热烈，热烈而奔放，那是向阳花开的山坡，是蓝格莹莹的天空飘过云朵的梦。"你若是我的哥哥招一招手"，这里面唱的"哥哥"就是张天恩吧，勤劳上进，朴实敦厚，一位地地道道的陕北汉子。张天恩家住黄河岸边吴堡县张家墕村，这是东来西往赶牲灵必经的驿站。山西赶牲灵的人们渡过黄河的第一站是这儿，陕北赶牲灵的则在此地歇上一宿，第二天渡过黄河，即达山西。那个年代，无论四季寒暑，张家墕村都是人叫马嘶，驼铃声不绝于耳，骡蹄声叮嗒儿响。父亲赶了一辈子牲灵，他不希望张天恩再干这个营

2

生，做这一行太苦了。可他哪里知道，幼年的张天恩早就躲过父亲的眼光，跟着那些赶牲灵的"干大"们混在一起。"干大"都是父亲的结拜弟兄，是拈过香磕过头盟过誓的"干兄弟"，自然对这个"干儿子"格外照顾。他们教他如何给骡子备鞍鞯，如何给毛驴裹脊梁，如何让驮子左右两边一般重，还在路上教他唱山曲。没想到张天恩天生就是一个唱曲儿的料，一拨就转，一唱就会，还赶着一首接一首地让"干大"们再教。等到父亲知道这一切后，他已是赶牲灵的行家了。父亲只得打了门牙往肚里咽，引他上路。那时，张天恩才一鞭子高。张天恩牵着骡子，冒着危险，为红军运送货物，帮助红军在根据地进行活动。有一次，他因为策反国民党的士兵，还被反动派抓进监狱，多亏刘志丹营救，他才逃了出来。拥护革命的他因为表现突出，成了运输队长，三五九旅的王震旅长还送给他一头骡子，鼓励他继续为革命做贡献……

信天游长篇叙事诗《赶牲灵》几易其稿，现在终于完成！这也是吴堡县委、县政府宣传"铜吴堡"，开发吴堡文化旅游"富矿"的一项重要内容。正如吴堡县委书记王华所说："吴堡有得天独厚的文化旅游资源优势，要抓住机遇、趁势而上，适应经济新常态，调整产业结构，发展现代服务业，迎来文化旅游产业发展的春天。"我们相信这个文化的春天已经来临，信天游长篇叙事诗《赶牲灵》

3

就如这个春天的一枝报春花。《赶牲灵》以民歌手张天恩为原型，艺术地再现了那个火红年代赶牲灵的场景，反映军民大生产时期，那些可歌可泣的支前故事。《赶牲灵》经过诗人重新演绎，婉转动人，直击人心。在表现手法上，也突破了传统信天游比兴的叙述方式。特别在如何处理好叙事与抒情关系的问题上，更多地应用赋来完成叙事抒情，在叙事中抒情，也在抒情里叙事。同时，在现实主义的信天游中，更多融入浪漫主义的色彩。不少生动的细节，使诗句有了无限的张力，这是难能可贵的！

前两年，吴堡县曾拍过以"赶牲灵"为主题的电影——《赶牲灵》，在第二届国际微电影中国金鸡百花电影节上荣获优秀作品奖，还参展了第七十届戛纳电影节，并入围蒙特利尔电影节。我们期望霍竹山的这部信天游长篇叙事诗《赶牲灵》，能填补吴堡在文化宣传方面的一些缺憾。我们相信这部信天游长篇叙事诗《赶牲灵》，会让"赶牲灵"的故事得到更广泛、更久远的流传。

——这是吴堡文化的幸事，更是陕北文化的幸事。

2019 年 12 月 16 日

MULU 目录

1

引

子

天下黄河九十九道湾，
三十三道湾里吴堡县。

石头山上石头城，
山环水抱路万重。

山坡上一阵阵串铃声，
赶牲灵的哥哥出了门……

清水河绕着张家塆，
风吹枣花花香满山。

牵牛花上架五月天，
张天成的名声百十里传。

前庙山簸箕后庙山斗，
张家塆的骡子自生走。

走三边，下柳林，
张天成从小赶牲灵。

清水河绕着张家塌

风吹枣花花香满山

走三边，下柳林
张天成从小赶牲灵

毛乌素沙漠没人烟，
为躲关卡绕南老山。

起早贪黑又钻梢，
全凭骡子的脚力好！

天旱火着没奈何，
民国的税比牛毛多。

猪税羊税人头税，
个个衙门就会刮地皮。

六月里山上刮旱风，
越是跌年成税越重。

田里没收得几斗粮，
揭不开锅盖挖鼠仓。

吃了上顿没下顿，
缸底底扫不出面尘尘。

九十月天上响炸雷，
树皮草根难入嘴……

天旱火着没奈何
民国的税比牛毛多

九十月天上响炸雷

树皮草根难入嘴

第一章

走头头骡子三盏盏灯

李家山南北遇马路，
李万禄就在路口住。

路畔开了家"恒丰店"，
一年四季钱不断。

肚子吃饱嘴头子闲，
李万禄不学好抽洋烟。

一份家产败了个光，
半年就穷得抱膀膀。

老生生女儿李彩彩，
一朵莲花水上开。

端格溜溜的好身材，
长辫子一甩惹人爱。

水灵灵脸蛋苗条条手，
扑闪闪的眼睛像露水珠。

李家山南北遇马路
李万禄就在路口住

一份家产败了个光

半年就穷得抱膀膀

老生生女儿李彩彩
一朵莲花水上开

冒铰牡丹胡画画①，
李彩彩灵巧谁不夸！

家里门外样样行，
纺线织布盖三村。

口哼曲曲儿手吐丝，
乡亲们把彩彩比"织女"。

指头上安了几个巧簧，
梭子长了两只小翅膀！

一匹老土布上山花开，
鸟儿唱歌蝶儿飞过来。

谁都想借彩彩一双手，
四季就一块染花儿布。

燕麦筋软老麦粘，
山药蛋能做三十六样饭。

---

① 胡画画：陕北俗语说"胡画画，鬼怕怕"。

小锅熬菜大锅里蒸，
没打划过不了好光景。

新三年，旧三年，
缝缝补补又三年。

彩彩院子里纺线线，
一阵串铃声山上传。

2

"走头头骡子三盏盏灯，
戴上了铃子一哇哇声。"

"你若是我的哥哥招一招手，
你不是我的哥哥走你的路。"

手摇纺车嘟噜噜转，
彩彩心里空了半边。

大红公鸡抖尾巴，
张天成赶牲灵坡坡里下。

大红公鸡抖膀膀，
眼瞅着彩彩细思量：

"彩彩的纺车一朵花，
不知道花儿开在谁家？"

"彩彩的纺轮雀儿喳，
不知道跟谁说知心话？"

你若是我的哥哥招一招手
你不是我的哥哥走你的路

"彩彩的马扎一匹马，
不知道哪达儿能拴下？"

"远看近看梦里看，
好看不过彩彩纺线线！"

半喜半怨半害羞，
李彩彩半天抬不起头。

有心跟天成说句话，
老大大站在门旮旯。

你赶牲灵我开店，
路上路下常见面。

山花儿开花蜜蜂来，
李彩彩两眼放光彩。

雨润田苗子叶儿展，
张天成心像蜜罐罐。

几回回念叨几回回想，

几回回搂妹妹梦一场。

茶壶里煮了颗大南瓜，
有口倒不出满肚子话。

一个有情来一个有意，
就盼有个媒人说成对。

3

"东门河，肯捣蛋，
麻黄梁上当好汉。"

"老虎脑上刮大风，
李家山烂店住不成。"

"清涧的石板瓦窑堡的炭，
米脂的婆姨绥德的汉……"

针尖大的事儿扬千里，
就怕赶牲灵的一张嘴。

张天成赶牲灵李家山过，
正月十五看红火。

锣鼓大镲一哇声，
九曲会场人挤人。

瞅彩彩瞅得瓷瞪瞪，
一脚踏谢了两盏灯。

张天成赶牲灵李家山过
正月十五看红火

坐船的女子戏艄公，
一把把彩彩的手捏定。

"我家的'烂店'住不成，
你还来李家山瞀搔①甚?"

"李家山害了个心不安，
找不上药方我胡做乱②!"

人群里彩彩说天成，
"请上个媒人来提亲。"

一格嘟嘟葱一格嘟嘟蒜，
一格嘟嘟婆姨一格嘟嘟汉。

一格嘟嘟秧歌满沟转，
一格嘟嘟娃娃撺上看。

风刮白菜腰腰③开，

---

① 瞀搔：有寻找、骚情的意思。
② 做乱：有想办法的意思。
③ 腰腰：用草或柳条搓成的绳子。

人群里彩彩说天成
请上个媒人来提亲

打起花伞就扭起来。

先扭一个六郎星，
再转九曲黄河阵：

"山药开花面朝天，
比不上妹妹的白脸脸。"

"河畔的柳条山坡的艾，
比不上妹妹的好身材。"

"墙头上跑马还嫌低，
面对面坐下还想你。"

张天成一高兴就愣铮①，
浑身的本事耍了个尽。

① 愣铮：有显能的意思。

4

前窑李万禄抽洋烟，
后窑里彩彩纺线线。

媒婆子朱板娃进了门，
线线圪蹴①成了驴缰绳。

脸烧心跳坐不稳，
趴在二门上偷偷听。

朱板娃挤眉眉弄眼眼，
不跟点子上瞧活妖涮②：

"老李家几辈子烧高香，
积德下彩彩的好象象③。"

"养下不争气的气破肚，
生下好好你就能享福。"

---

① 圪蹴：缩在一起的意思。
② 妖涮：说话不诚实的意思。
③ 好象象：婆家，包括对象。

"人常说天上七仙女巧，
地上彩彩就是人梢梢！"

"有什么话你往桌上摆，
不要爽在袖筒筒让我猜。"

"喜鹊鹊登枝把喜报，
我姓朱的上门是喜事到。"

"双手能写'梅花篆'，
提起马先生谁不高眼看！"

"马先生二小子'马拐拐'，
满世界就瞅下李彩彩。"

"别看他走路地不平，
书直念到了榆林城。"

"骑马坐轿有钱人，
一点小毛病不算个甚！"

热灶膛里泼冷水，

马先生二小子"马拐拐"

满世界就瞅下李彩彩

彩彩听得心头灰。

还想是张天成来提亲，
谁知道马拐拐胡骚情。

"她朱婶舌头一把刀，
瞎好都让你说尽了！"

"谁家女子不嫁人？
彩到礼足就过门。"

李万禄认银钱不认人，
不问一声彩彩就许亲。

第二章

门栓栓抹点老麻子油

五凤楼叉子红脑缨，
牲灵走起来就威风。

骡子走头驴走后，
串铃响起来一道沟。

宋家川出来枣塌圪过，
人还在李家山闹社火。

彩彩碰畔上走来了，
彩彩长辫子甩开了！

毛眼眼一眨会说话，
心上一阵阵猫儿抓。

吆起牲灵鞭子响，
张天成仰头亮开了嗓：

"花留种子草留根，
什么人留下人想人？"

"四十里长涧羊羔山，
好女子出在张家畔。"

一道道水来一道道川，
赶上骡子走三边……

毛乌素沙漠路难行，
一回长城浑身都是劲。

堆子梁过来是安边，
绕过八里河到郝滩。

红柳河上蛤蟆娘娘桥，
一天就赶到了刘家峁。

过一条河又一条河，
大河小河解不了渴。

翻一座山又一座山，
就是照不见李家山。

走一道沟又一道沟，

五道沟尽是丑八怪柳。

大榆树上喜鹊窝，
就像彩彩头没梳。

喜鹊喜鹊喳喳喳，
就像跟彩彩拉话话。

喜鹊喜鹊绕树飞，
就像彩彩扭嘴嘴。

喜鹊喜鹊冲上天，
就像彩彩飞眼眼。

大店小店都住遍，
恒丰店撂下个常想念。

串铃响来鞭子掼，
两站路程并一站。

"二饼子"牛车慢腾腾，
比不上骡子脚后跟。

雁墩山上雁南飞，
比不上走马一甩尾。

高粱开花头顶上红，
恨不得骡子脚生风。

人乏马困脚磨烂，
骡子跑成个水圪蛋。

2

听见前山上串铃响，
脖子伸了丈二长。

听见坡底下串铃响，
扫炕铺毡换衣裳。

听见硷畔上串铃响，
一舌头舔烂三层窗。

临门听见串铃响，
晾下开水放冰糖。

麻子高来黑豆低，
头把鞭子就是哥哥你。

羊肚肚手巾留穗穗，
哥哥走起来像在飞。

一会会好像天上来，
崩颅①上还绕着白云彩。

---

① 崩颅：额头。

听见前山上串铃响

脖子伸了丈二长

一会会好像云里来，
白布衫飘着红腰带。

一会会好像水中来，
脚底下还把莲花踩。

哥哥你不知妹妹的心，
手纺线线听着串铃声。

把雁比哥哥怕飞得远，
把雀比哥哥又飞得慢。

想比老鹰嫌抓小鸡，
想比燕子嫌无情意。

哥哥就好比百灵鸟，
天天在妹的心里叫。

哥哥就好比毛腿腿①，
夜夜在妹妹梦中飞。

———————————————

① 毛腿腿：毛腿沙鸡。

3

骡马驮子站下一道院，
李万禄躺炕上抽洋烟。

趴在窗窟窿瞅了一眼，
伸了伸懒腰又侧躺转。

无事人睡得安然觉，
鼾声响起来像猪嚎。

烧火做饭擦桌凳，
忙前跑后彩彩汗洇洇。

张天成看眼里疼心里，
帮彩彩搂柴又担水。

"芦花子公鸡当门上叫，
我就知道哥哥要来到。"

"水缸口口上听串铃，
妹妹我还有耳报神①！"

———————————

① 耳报神：传说中传递声音的神灵。

"水米没打牙放大站，
日谋夜算把妹妹看。"

"真魂儿跑了多少天，
这会会才找到你跟前。"

绞水饮马绾鞍杖，
张天成李彩彩相跟上。

一个铡草一个擩，
铡了一把新笤帚。

一个洗来一个涮，
打碎了一摞青花碗。

铜茶壶里下钱钱，
奶茶熬成了豆糊饭。

点了盏马灯添了些水，
灯捻子直烧成纸灰灰。

"今黑夜跟妹妹拉话话，

水米没打牙放大站
日谋夜算把妹妹看

你给哥哥把门留下。"

"月亮上来满院子明,
老大大看见叫你鬼吹灯。"

"只要跟妹妹你情愿,
打断了腿把子也心甘。"

"二更天三更天人睡定,
就怕老大大发洋烟瘾。"

"点灯捅烟杆我早伺候,
今黑夜就给他抽个够!"

人多眼杂嘴上没栓栓,
定下了草窑里见面面。

今黑夜跟妹妹拉话话
你给哥哥把门留下

4

翻转掉转马趴转，
身上像滚了几个火蛋蛋。

衣裳脱下又穿起，
羊羔皮褥子长了刺。

一阵阵坐起一阵阵跪，
心里头发痒痒不好睡。

月落西山三星升，
耳朵贴在窗棂棂。

骡子吃草马吃料，
窗台下老鼠吱吱叫。

门栓栓抹点老麻子油，
轻轻开来慢慢走。

绣花红鞋提手中，
就像狸猫溜墙根。

门栓栓抹点老麻子油

轻轻开来慢慢走

三步放成两步半，
走一步还要看三看。

倒眼窝狗你把人认好，
则不敢没事儿胡乱咬。

恨猴①你不要落树头，
是天成哥哥学老鼠。

花猫你就在炕上卧，
不要这阵阵凑红火。

天上星星半拉拉明，
忽了了闪进草窑门。

"哥哥一走整半年，
朱板娃把门槛直踢烂。"

"寻上马拐拐把福享，
跟上赶牲灵的受恓惶②。"

---

① 恨猴：猫头鹰。
② 恓惶：贫困之意。

"只要哥哥你情意长，
讨吃要饭咱也相跟上。"

"想请媒人请不起，
挣下银钱我来娶你。"

眉对着眉来眼对着眼，
舌尖尖就好像糖蛋蛋。

冰糖洋糖芝麻糖，
再吃一口是棉花糖。

滚水茶水砂糖水，
烧酒其实是辣椒水。

嫩玉米，青豌豆，
水萝卜皮儿就半砖厚。

桃子枣儿菠萝蜜，
又吃一口是香水梨。

秋山菊，春牡丹，

只要哥哥你情意长
讨吃要饭咱也相跟上

妹妹好比夏天的莲。

锦鸡落地鹰展翅，
哥哥好比鹞子钻林里。

哎，鸡肉鱼肉猪羊肉，
比不上哥哥的心头肉。

山珍海味比屎蛋[①]，
两个人在一达胜过年。

油茶锅里掺牛奶，
两个人好得分不开。

挨刀子公鸡一声鸣，
彩彩想哭哭不出声。

早知你早叫早杀你，
叫我跟哥哥怎分离？

挨刀子公鸡两声啼，

---

① 比屎蛋：不值得一提。

急得妹妹淌眼泪！

有心推开哥哥走，
难舍难离难分手。

挨刀子公鸡三餐叫，
心好像空中打八吊①。

七月七牛郎会织女，
咱二人啥时候再相聚？

八月十五月儿圆，
再跟妹妹见面面……

———————————————

① 打八吊：翻跟斗。

挨刀子公鸡三餐叫

心好像空中打八吊

5

拉着山羊赶着猪，
朱板娃一步扭三扭。

包头的皮毛苏州的绸，
抬聘礼的后生跟一溜。

眉开眼笑双手背操转，
李万禄碨畔上虚缭乱①。

朱板娃进门一面笑，
"你个老鬼今天发财了！"

"马先生怕彩彩受委屈，
好东西准备了几箱子。"

白哗哗响洋盘子里端，
又掏出一圪垯黑洋烟。

---

① 虚缭乱：坐不住、心不安的意思。

包头的皮毛苏州的绸

抬聘礼的后生跟一溜

银手镯，八棱棱，
翡翠耳坠儿绿格蓁蓁。

头油手油擦脸油，
白玉簪子金包头。

银卡卡，一摞摞，
熬骨①梳子是东洋货。

彩彩的礼栋儿②几十样，
包包蛋蛋摆了半道炕。

"她朱婶一张片片嘴，
说得死雀雀也忒儿忒儿飞。"

"马家人做事不拿板③，
我李万禄怎能下软蛋！"

"马家财大气粗讲究多，
老鬼你嘴上也一把锁！"

---

① 熬骨：塑料制品。
② 礼栋儿：礼品。
③ 拿板：摆架子。

抡起勺子掼铲子，
李彩彩气得哭鼻子。

纺一阵线线流一阵泪，
一阵阵伤心一阵阵灰。

叫一声天来叫一声地，
叫一声妈你就带我去。

老大大两眼铜麻钱，
恨不得拿女子换洋烟。

"八月十五来追节①，
就等马家下喜帖！"

"要嫁你嫁给马拐拐，
瘸心瞎毒谁不知一大害！"

"男人脸面女人舌尖上挑，
灰女子你要学会守妇道。"

---

① 追节：确定婚礼的仪式。

"让我嫁马拐拐也不难，
除非黄河倒流天河干！"

"嘴上没毛说话不牢靠，
他叔你也不要瞎急躁！"

"想上天等不上龙来抓，
女子娃哪个不哭出嫁！"

李彩彩越听越生气，
一把掀翻了炕桌子……

第三章

马儿啊马儿你快点走

1

张天成赶牲灵上了路，
李彩彩店里就戓不住。

金针开花金朵朵，
看什么都像天成哥。

对面湾里一溜烟，
哥哥烧火在做饭。

当天飘来一圪垯云，
哥哥戴上了白毛巾。

毛头柳树风摆开，
好像哥哥骑马来。

一只家雀儿逗蝶蝶，
哥哥跟妹妹有情缘。

哥哥站着遮半天，
哥哥坐下一座山。

哥哥走路踢起土，
哥哥唱歌花一路。

山鸡叫唤是哥哥你，
柳叶眨眼是哥哥你。

绊我的石头是哥哥你，
拉我的草绳是哥哥你。

架上的驴槽是哥哥睡着了，
软儿不塌的扇车是喝酒了。

羊咩咩，猪哼哼，
墙根根老鼠也看着亲。

纺车转一转歇两转，
线线纺成了毛圪蛋。

"女子有了主儿要收心，
再不敢胡思乱想惹事情。"

老大大窑里排三纲，

"斧子揳牢的婚事没商量。"

"说不定哪天就过门，
做上些花针扎打散①人。"

提起马拐拐心上灰，
彩彩跑出门掉眼泪。

跑上垴畔爬上树，
两眼直直瞅大路。

骑着骆驼哨着梅，
那不是天成哥还是谁？

刺溜溜一溜下了树，
磨烂了妹妹的灯笼裤。

连跑带颠到山顶，
木底鞋跑得掉了后跟。

远远照见哥哥回来了，

---

① 打散：新媳妇过门送亲人的礼品。

近看是懒驴撵井道。

远远照见哥哥回来了，
近看是狗叼一颗干羊脑。

远远照见哥哥回来了，
近看是风刮一团臭黄蒿。

远远照见哥哥回来了，
近看是老鸦回窝落树梢。

照哥哥照得眼耀花，
土圪塄当成枣骝马。

半前晌照到上了灯，
直照得星星一颗颗明。

天成哥走了才几天，
好像过去了好几年。

半前晌照到上了灯
直照得星星一颗颗明

2

对面沟里流河水，
横山里下来游击队。

笤帚把子绾红缨，
大刀一挥亮又明。

游击队住进李家山，
领头人就是刘志丹。

火星星燃起一片红，
穷苦人起来闹革命。

人要是齐心顶起天，
陕甘宁边区红了一大片。

刘志丹来是清官，
带领着乡亲们要共产。

地主富农灰绍绍①，

---

① 灰绍绍：丧气之意。

藏的藏来逃的逃。

仗着女婿吴堡当团总，
马先生修寨子又招兵。

买了土炮洋线枪，
腰杆就挺得硬朗朗。

又加租子又加息，
要跟红军唱对台戏。

乡亲们都恨马先生，
打开寨子门迎红军。

红军个个是好汉，
活捉马先生来审判……

马拐拐跑到了宁条梁，
花钱买了个白军副连长。

拦羊扛把小镢头，
不干正事走歪路。

地主富农灰绍绍

藏的藏来逃的逃

孙猴得了个弼马温，
不着天不着地就知道疯。

天天马上练打枪，
提起红军牙都痒。

就想把好红区封锁关，
日谋夜算红军受饥寒。

青石头地牢阴森森，
刑具准备下几十种。

大路关卡上架着枪，
小路上地雷天天响。

炸死了牛羊炸伤了人，
乡亲们没地方诉冤情。

平地上走路响炸雷，
就盼人人走路瘸着腿……

3

蓝格莹莹天上喜鹊鹊飞，
咱们中央红军到了陕北。

一面面红旗硷畔上插，
快把咱们红军迎回家。

滚滚的米汤热腾腾的馍，
招待咱们红军好吃喝……

头骡子高来二骡子好，
三骡子带上了过山鸟①。

马尥蹶子驴撒奸②，
鞭子响两声才听使唤。

单峰子骆驼双胳膝跪，
几百斤的盐驮子压驼背。

———————————

① 过山鸟：串铃。
② 撒奸：牲口偷懒。

一面面红旗硷畔上插
快把咱们红军迎回家

太阳上来满山红，
为边区赶牲灵真光荣！

向阳花开花朝南转，
心窝里像塞了糖蛋蛋。

张天成当了运输队长，
想看彩彩忙得顾不上。

过去赶牲灵攀两个伴，
不紧不慢就把几省转。

过去赶牲灵为几个钱，
来回贩卖一些土特产。

过去赶牲灵为看妹妹，
正月里出门二月里回。

现在驮队像一条河，
赶牲灵为了反封锁。

现在驮队像一河的船，

赶牲灵为了支援抗战。

现在驮队像一座桥，
赶牲灵为了把供给保。

自力更生是咱金银山，
为边区做贡献苦也甜。

苟池装大盐到保安，
几回回梦见恒丰店。

梦见彩彩硷畔上站，
梦见彩彩纺线儿断。

梦见了香喷喷的油搅团，
梦见凤穿牡丹的花鞋垫。

前黑夜彩彩上花轿，
昨黑夜又把洞房闹。

叫一声妹妹你等着我，
哥哥不是卖良心的货。

梦见了香喷喷的油搅团
梦见凤穿牡丹的花鞋垫

寒冬腊月数九天，
哥哥浑身还冒着汗。

牲灵脖子上吊冰凌，
一天就走了路两程。

叫一声妹妹听我的话，
共产党才是咱活菩萨。

一道道山来一道道水，
山环水绕就数咱边区美。

我赶牲灵你纺线，
为咱边区多生产。

"老落后"嫌累不想走，
又怕张天成鞭子抽。

4

一溜溜山两溜溜山，
三溜溜山上甩响鞭。

马儿啊马儿你快点走，
缺了盐的群众等不住。

马儿啊马儿你快点走，
前线将士正在吃盐土。

马儿啊马儿你快点走
咱边区的建设正当口。

马儿啊马儿你快点走，
今黑夜我给你贴黑豆。

山路弯弯山路长，
牲灵怎就没翅膀？

牲灵要是长上个翅，
说不定就能劈天飞。

黑夜哥哥我骑上马，
看妹妹只要一下下①。

早上盐池驮上盐，
一会会就看见宝塔山。

一会会飞到晋绥反扫荡，
一会会太行山里驮高粱。

一会会西安驮药品，
一会会飞到宁夏叫一回阵。

群众的力量大无边，
封锁线撕了个稀巴烂……

马儿马儿你飞呀飞，
为抗战你就受点累。

马儿马儿你飞呀飞，
等打跑鬼子我让你骑。

———————————

① 一下下：一眨眼的时间。

唉，就算牲灵没翅膀，
也要壮得像城墙。

马蹄子就有筲箕大，
一步就把十里沟跨。

马鬃就有三丈长，
好比一把轻机关枪。

一驮要是能驮动街，
咱榆林城一驮驮过来。

一驮要是能驮动梁，
咱边区群众再不缺衣裳。

一驮要是能驮动山，
咱就把盐海子搬到延安。

5

张天成驮队一进城，
满延安一片欢呼声。

韩书匠跑来看稀罕，
手捧着大盐舔一舔。

没开口说话泪流下，
要给赶牲灵的戴红花。

手弹三弦定准音，
张口就开始念盐经：

花活个蝶蝶鱼活个水，
人活着没盐吃不如鬼。

老婆子一天炕上爬，
就像是一个月娃娃。

小孙子一月没吃盐，
身体浮肿了几圈圈。

张天成驮队一进城
满延安一片欢呼声

小孙子一月没吃盐
身体浮肿了几圈圈

盐颗颗要是能当籽坶种，
家家地里头咱就种几分。

天天浇水夜夜照，
还要给盐苗儿穿上小棉袄。

盐苗子长起来比马快，
一天根根儿就扎了下来！

盐苗子扯蔓蔓爬上架，
一颗颗盐比碾轱辘都大！

一家一户都结上几颗，
就像老南瓜撂上几撂！

盐苗子长成参天树，
摇一摇就能下三斗……

婆姨们围过来一大群：
"要不要我们赶牲灵？"

"你们赶牲灵谁纺线，

咱边区哪能少了半边天!"

"盐钵子涮一餐洗两餐,
恨不得一颗盐切三瓣瓣。"

"泪蛋蛋要是能熬下盐,
我一天哭它三石三。"

"撒一点面扑①哄娃娃,
甜拌汤也吃成咸疙瘩。"

你一言她一语道家常,
几个婆姨说得泪汪汪。

张天成听了长出气,
不能让乡亲们再遭这号罪。

就是睡半夜起鸡叫,
也要为乡亲们解心焦。

"牲灵走不动贴上点料,

---

① 面扑:擀面时撒的干面粉。

78

人又不是不吃不喝的胶泥脑①!"

"老落后"背后放眉脸,
张天成听见装作没听见。

鞭子一甩嘭啪啪,
吆起骡子就出发。

---

① 胶泥脑:用胶泥做成的"木偶"。

第四章

要把封锁踩脚下

1

宝塔山高来延河长，
延安住着咱党中央。

杨家岭灯火夜夜明，
《论持久战》就是北斗星。

死烟灰灰冒烟咽一口气，
咱不用怕法西斯小鬼子。

军民齐心来抗战，
打得鬼子丧了胆……

黄芥开花儿金点点，
李彩彩带了个纺线班。

纺车车飞转棉线线长，
李彩彩是大家的好榜样。

一团棉花一团云，
棉线线连起大家的心。

纺车车飞转棉线线长
李彩彩是大家的好榜样

手摇纺车车心里甜，
咱们为边区纺线线。

白天比赛坐一达，
黑夜纺线线歇不下。

纺车车转得嗡嗡响，
好像蜜蜂飞在花朵上。

纺车车转成一朵花，
好像春蚕儿吐丝沙沙沙。

纺车车转成一溜风，
好像一曲十面埋伏阵。

自力更生天不怕，
要把封锁踩脚下。

"纺线能手"李彩彩，
都说织女下凡投了胎。

"纺线能手"遍村庄，
封锁线就像一张破渔网……

2

一顿饭误了二两棉，
都怪自己的死囚汉。

朱板娃也要当先进，
麻油灯下忙赶工。

纺线线不比溜嘴皮，
灯花花挑下了半簸箕。

过去走路像柳条摆，
如今是腰来腿不来。

手上的茧子不用问，
一躺到炕上直挺挺。

葫芦开花花扯长蔓，
彩彩当了纺线女状元！

纺车车好像转花伞，
一口气纺了一斤棉。

婆姨们都夸彩彩巧，
手腕上好像安发条。

一天纺线线二斤半，
李家山能连到宝塔山。

线线还有几十里长，
拴在张天成心尖尖上。

纺车不转润上点油，
心里的情丝谁来抽？

棉线线断了再续上，
相思怎就越拉越长？

张天成你个没脑鬼，
忙里偷闲看上我一回。

二月里听人说你来，
一碗羊羔肉直放坏。

三月里听人说你来，

收下鸡蛋糜囤囤抬①。

四月里听人说你来，
清油摘木耳炸苦菜。

五月闪的我跑了几回街，
给哥哥捎了一双牛鼻子鞋。

你赶牲灵我纺线，
咱二人比赛做贡献。

---

① 抬：积攒、藏匿的意思。

3

六月的日头当天上烤，
运输队爬上了红崖窑。

庄稼披头儿土冒烟，
鱼儿跳上了岸边边。

风尘尘不动树梢梢静，
山雀雀张口叫不出声。

张天成吆骡子·鞭子响，
同志们编草帽遮阴凉。

脚尖尖打起黄水泡，
脚后跟磨出血道道。

骡马喘粗气站不起，
流尽了汗水淌血滴。

一股旋风卷起一阵沙，
一声嘶鸣白马跳山崖。

六月的日头当天上烤
运输队爬上了红崖窑

东山背后响雷声，
张天成浑身冷森森。

同志们一个个抹眼泪，
张天成像喝了消冰水。

白马走一步停两步，
还当是耍奸溜滑拿鞭抽。

只想着边区没盐吃，
牲灵又不是铁打的！

就算牲灵是生铁铸，
汽车没了油也不能走。

心上抽筋浑身麻，
半天说不出一句话。

晴天里响雷不打闪，
真想把自己抽上两鞭。

叫上同志们下山崖，

就在柳树旁埋白马。

马掌早就磨了个烂，
皮鞭子响着赶时间。

一路走一条血道道，
盐驮子把肋骨都压断了！

四四方方挖了一个坑，
山花瓣瓣撒在坑当中。

青草扎了两个人，
一前一后当侍应。

柳条条绑了一顶轿，
白马你就歇一歇脚。

白马白马你悄悄睡，
我给你梳鬃扎一扎尾。

白马白马你慢点走，
我给你打灯照夜路。

白马白马你回家转，
谁也不把你当逃兵看！

要是鬼子不来侵犯，
白马就在草地自由撒欢。

要是反动派不封锁，
白马就是草原上的白云朵。

倒上烧酒烧上纸，
白马你为咱边区死。

编一个花环抹一把泪，
等赶跑鬼子给你立块碑。

来生我驮盐驮子你掌鞭，
为咱边区生产发展走三边。

来生我转牲灵你转人，
还为咱新中国建设赶牲灵！

4

七月日头山顶上站，
运输队路过张家墕。

有心李家山看妹妹，
鬼子扫荡咱根据地。

这一回前线运弹药，
没明没夜放奔奔跑。

子弹榴弹手榴弹，
骡马驮子人分担。

一天轻，两天重，
三天肩膀磨成烂窟窿。

撒一把黄土当白药，
咬住牙又爬上羊肠道。

歌解乏困酒解愁，
张天成唱起信天游：

这一回前线运弹药
没明没夜放奔奔跑

"白脖子哈巴朝南咬，
赶牲灵的人儿过来了。"

"黄沙打墙墙不倒，
赶牲灵的哥哥狗不咬。"

"黄黄的熟米酽酽的茶，
路上路下到妹妹家。"

叫一声同志们欢欢走，
腿把子上又没绑碌碡。

叫一声同志们往前赶，
胳膊弯弯又没夹鸡蛋。

呀，听见了黄河在咆哮，
看见了高粱叶子磨大刀。

听见了如雷响的冲锋号，
看见了吕梁山上红旗飘。

听见了鬼子的哭喊声，

看见了咱英雄八路军……

寨西山上刮凉风，
九曲黄河波浪滚。

人欢马叫火把亮，
老艄公站在船头上……

5

铜吴堡，铁佳州，
石头垒成的绥德州。

头枕黄河浪涛声，
铜墙铁壁陕甘宁。

热锅上蚂蚁无路走，
小鬼子黄河边发忧愁。

划起渡船架起炮，
横沟口上乱糟糟。

乡亲们人人是瞭望哨，
八路军口袋阵早扎好！

一个浪头山一样高，
小鬼子吓得直喊叫。

几回回涛声里把命丧，
再不敢黄河岸上向西望。

贼娃子就想着偷着吃，
眼瞅着黄河叹一口气。

黄河是鬼子的紧箍咒，
军民团结好比金城银州。

运输队吴堡城歇一晚，
清早就驮粮食往回赶。

九曲黄河第一镇，
碛口是晋商西大门。

小鬼子几次来扫荡，
货物一火烧了个光。

羊皮筏子踏浪来，
抗战秦晋分不开。

黑豆、玉米和高粱，
支持陕甘宁大后方。

草蔓子绊住砍一斧，

运输队肩上扛着路。

山路弯弯山路长，
眼瞅着太阳辨方向。

崖畔上画马不能骑，
张天成给大伙讲故事：

三十里铺的大红枣，
又给咱解渴又顶饱。

刀刀碗饦羊肉面，
绥德的小吃让人馋。

就想着风是枣红马，
八抬轿子屁股下压。

就想着小鬼子完蛋了，
咱日子一天比一天好！

翻一道沟来爬一道梁，
脚片子直甩在头顶上。

爬一道梁来翻一道沟，
脑门上汗水脚把上流。

一天几回回紧裤带，
人就像水里捞出来。

老天爷造人没动脑筋，
腿上怎没安汽车轮轮！

老天爷造人不商量，
怎不给人长上飞机膀膀！

老天爷造人真小气，
脊背要变成载重机！

——就省下咱们赶牲灵，
骡马驮子垒在半空中！

第五章

黑老鸹落在房檐上

1

紧定边，松安边，
没过宁条梁心不歇。

遇上黑狗子忙打点，
一道路尽花冤枉钱。

三步的岗五步的哨，
直把腰包都掏空了！

只要保住盐驮子，
要鞋还给递帽子……

运输队刚过宁条梁，
后面的马蹄呱呱响。

牲灵四蹄蹄包毡布，
领头的骡子快快走。

棉花塞哑了驼铃声，
柳梢扫没了骡马踪。

叫一声同志们不要慌，
驴驮子卸在了路中央。

"死活咱都要逞好汉，
要保盐驮子回延安！"

搂柴烧火一阵烟，
吊起铜锅子煮钱钱。

拿一根鸡毛当令箭，
马拐拐打马把路拦。

就好像恶狼追黄羊，
子弹在头顶嗖嗖地响。

马拐拐骑马上像凶神，
"兔卵子"眼睛恶狠狠：

"马爷我只认盐驮子不认钱，
拿你们几颗黑骷子祭我爹。"

"过去话不硬是没兵权，

尔格这宁条梁我就是天。"

一枪打烂黑驴前蹄脚，
二枪张天成的头巾掉。

骂一阵来耍一阵威，
铜锅子打成驴笼嘴。

水漏在火上一股股烟，
红柳河畔好像大雾漫。

"人都说驴板是美味，
老子让你们也尝一回。"

"黄米捞饭就沙芥，
咱今格驴脑当下酒菜。"

马拐拐满嘴没人话，
又一枪黑驴马趴下。

黑驴想要站站不起身，
两眼血泪洒在路当中。

打死了黑驴还不解气，
照着张天成就是一鞭子……

山沟沟里泉水黄河里流，
张天成跟马拐拐套近乎：

"不看鱼情你看水情，
咱是清水河上的乡里乡邻。"

"光景过不了胡了乱①，
赶牲灵只图几个钱！"

"你脑子离心几里地？
几天才能转一回！"

"老鼠养的猫不亲，
嘴皮子磨烂也不中用。"

"老子才不管你钱不钱，
再不要指望驮一颗盐！"

---

① 胡了乱：瞎折腾。

"酸汤水水点豆腐，
　你不知道没盐有多苦?"

"老人为给孙子省盐吃，
　一个个肿成了大胖子!"

"崔老婆瘫了三月整，
　炕栏上绾了上吊绳!"

"牙缝里抠指头上省，
　只想着长身体的小孙孙。"

张天成两眼泪纷纷，
马拐拐拿枪发号令。

"边区政府一群匪，
　抢了我家粮食分了我家地。"

"把我的婚事给搅烂干①，
　几百个大洋谁给我还?"

———————————

① 搅烂干：破坏的意思。

黑狗子如狼又似虎，
枪逼着张天成调转走。

牲灵赶回宁条梁，
把张天成几个关进黑牢房。

2

哥哥你一走再不来，
妹妹心上的疙瘩解不开。

一对蝴蝶白菜上飞，
想哥哥一天我照几回。

我给哥哥招一招手，
你给妹妹扬上一把土。

看见什么都像哥哥你，
半天过来一个讨吃子。

看见什么都像哥哥你，
树圪桩害得我跑沟里。

看见什么都像哥哥你，
抱了一圪垯石头亲嘴嘴。

撕了窗纸安玻璃，
谁让它黑糊糊挡住你。

哥哥你一走再不来
妹妹心上的疙瘩解不开

砍了沙柳刨雾柳，
谁让它瓷固固垛山头。

夯平河沟筑高台，
挂上红灯哥哥看我来。

拆了戏楼修马路，
好让哥哥直直儿走。

大树小树挂满串铃，
风吹过都是哥哥脚步声。

手掐指头天天算，
指头蛋蛋直掐烂。

辫子锈成圪爪爪，
手搬上烟洞拉话话。

睡梦里拉住哥哥的手，
起来一看是个灯圪嘟①。

————————————

① 灯圪嘟：放灯盏的，也叫灯树。

铁勺子当柴灶里烧，
猪食桶子里把饭舀。

剪了一个人样贴墙上，
一把铜锁子心里藏。

我让你东来你就东，
我让你开门就开门。

眼娃娃不由自己了，
睁眼闭眼都是哥哥了。

手指不由自己了，
线线纺成麻绳了。

前脚尖困来后脚跟软，
走了一天还在原地转。

锣声鼓声响起了，
耳朵都好像听邪了！

你个挨千刀万刀的小亲亲，
妹妹想你呀想成个病人人！

我卖良心一张纸烧，
你坏良心野雀雀掏。

你要是死了托上个梦，
你要是活着捎上一封信。

你要是死了你早投胎，
你要是活着你就快回来……

3

驮不完的宁条梁，
填不满的安边城。

人都说三边有三宝，
大盐、皮毛、甜甘草。

人都说赶牲灵能挣钱，
走一回三边收三年⋯⋯

红白扯锯红柳河，
三天两头没烟火。

红军打过来都欢迎，
黑狗子都是丧门星。

小公鸡儿叫鸣声不长，
马拐拐把住个宁条梁。

油盐不进光找事，
抱住个死马往活医。

双手抓着个望远镜，
不让边区进一根针。

哈巴儿假装大牲口，
一手就想把天遮住。

妄想着铁索封锁线，
麻雀雀飞过也盯两眼。

走亲戚带点盐面面，
还要挨上一顿皮鞭。

黑老鸹落在房檐上，
六月天降下一层霜。

河东的乡亲们没奈何，
老天爷怎不下盐颗颗！

盐水和泥晒土坯，
没过两回就露了底。

棉袄蘸盐水身上穿，

回到家里再熬成盐。

钻天入地没办法，
几方盐肉一头猪的价……

一颗星星四方方天，
张天成地牢里受熬煎。

一碗酸菜半碗盐，
"不能叫边区人嫌清淡！"

盐水盐饭盐枕头，
"死了也叫你成盐人肉！"

挨打受气当苦力，
一天起来蜕一层皮。

修城垒墙算放风，
最怕牢房黑洞洞。

好话说了几筐箩，
"回家给马先生烧纸火。"

"平头百姓为一口饭，
这事儿跟边区政府没相干。"

"谁敢贩盐谁完蛋，
再不要提相识和相干。"

马拐拐好歹都不听，
"没要你小命算我认乡亲。"

马拐拐浑身尽眼眼，
画了张天成细查盘。

城门口贴出悬赏像，
又派人吴堡串街巷……

"没见过哈巴戴串铃，
原来你就是张天成！"

"千挑万挑我挑下李彩彩，
要不是你早就把喜花戴。"

"癞蛤蟆爪爪上钉马掌，
我怎上了你个鳖孙子的当？"

一阵阵马鞭一阵阵棍，

杀羊刀子剥皮活抽筋。

张天成浑身血道道,
死下活来①也不喊叫。

就好像铁打铜铸成,
不知冷热也不知疼。

伤口搓一把盐面面,
辣椒水泡澡通上电。

"叫你死不成来活不成,
五马分尸是注定的命。"

"竹签、烙铁、老虎凳,
尝上一遍你才算英雄!"

"边区的腌猪肉很吃香,
死了也要把你卖几方!"

马拐拐人面虎狼心,
整人的办法直想尽……

---

① 死下活来:这里指打得很严重。

5

狗咬一声上墙了，
锣响一声上房了。

嘴里噙不住糖蛋蛋，
朱板娃见风把火点。

出鼻子骡子卖不过驴，
吃就吃了嘴头子上亏：

"马拐拐的婚事泡了汤，
把张天成当了替罪羊！"

张天成宁条梁坐牢房，
彩彩的眼泪扑落落淌。

二两棉花纺不成线，
活人见不上活人的面：

"人说是无风不起浪，
朱板娃不敢胡囔脏①。"

---

① 胡囔脏：胡说八道。

三步并作两步走，
找到乡政府问缘由：

"黄河岸边数龙凤山，
张天成才是咱吴堡男子汉！"

"为了救大家舍自己，
驮回来几十驮盐驮子！"

纺车车好像千斤重，
耳边只听见串铃声。

拿起鞭子备不起马，
彩彩浑身软不塌塌……

发面饼子抹清油，
金黄酥脆又可口。

干枣枣磨面细罗罗，
周砀的馃馅毛巾裹。

两块冰糖花手绢包，

又炒了一锅糕泡泡。

长袍子缝了个裹襟衫，
天成哥你就凑合着穿。

对襟襟褂子改夹袄，
老大大气得直拌恼。

——戒了洋烟吸水烟，
老大大就差跳垴畔。

老大大有命活成人，
全凭民兵照看得紧！

半夜起身上宁条梁，
老大大双手撤马缰：

"鸡娃给黄鼠狼去拜年，
马拐拐下好套套等你钻。"

"你要走就从我身上过，
老子正想绾吊绳见阎罗！"

前檐下雪后檐消，
缩前爽后①我走不了……

还说什么哥哥不要抖，
大不了掉下来两颗头。

还说什么哥哥不要怕，
哪怕他人头高杆上挂。

门槛大王我没本事，
遇事就知道哭鼻子……

---

① 缩前爽后：前也怕，后也怕的意思。

第六章

运输队牲灵几十万

1

"一把镢头一杆枪，
生产自给保卫党中央。"

又战斗来又生产，
南泥湾变成米粮川。

运输队宁条梁遭了难，
朱老总的命令电波里传。

放下镢头拿起枪，
三五九旅打下草山梁。

泥菩萨过河自身难保，
马匪兵都撤回宁夏了。

喊天不应叫地也不灵，
马拐拐的黑狗队困孤城。

电报把救兵一股劲催，
一堵墙想挡住黄河水。

放下镢头拿起枪

三五九旅打下草山梁

枪一响当兵的四处藏，
黑狗皮就摞下一城墙。

拿一颗鸡蛋碰碌碡，
马拐拐城楼上抬不起头。

号兵一害怕鬼迷心窍
集结号吹成了撤退号。

火上浇油怒冲天，
一枪打的号兵马趴转。

叫一阵老子骂一阵娘，
勤务兵吓得尿了一裤裆。

哭不是哭来嚎不是嚎，
马拐拐的英雄当不了！

只听见到处喊杀声，
脑门上子弹溜下一道踪。

水泼地上揽不起，

一个人想冲锋没勇气。

马拐拐兵败如山倒，
四面城楼上红旗飘。

一马踏开宁条梁，
赶牲灵人儿见了太阳。

一瘸一拐骑上马，
马拐拐还想趁乱刮①。

眼瞅着战士想打黑枪，
张天成一鞭掼在脑门上。

马拐拐一个倒栽葱，
死猪放颤哼了两哼。

———————————————

① 刮：逃跑的意思。

2

草当床铺砖当枕，
长城上打窑洞长城上宬。

砍柴压坝挖盐井，
三五九旅苟池扎大营。

盐碱地好比刮金板，
一层大盐刚收一层干。

一畦畦大盐亮晶晶，
"土火车"运盐是新发明。

"天是我们的天地是我们的地，
支持前线参加打盐队。"

一驮子大布一驮子油，
张天成赶牲灵又上路。

这一回上路再不用怕，
咱陕甘宁边区是一家。

这一回上路再不用愁，
哪达达捷径哪达达走。

七十斤的铃八十斤的芯，
百十里路上都听见格咚格咚的驼
　铃声。

驼铃声声里响串铃，
好像琴瑟一达里鸣。

骑上骆驼峰头头高，
天南地北就数咱边区好。

家家养牲灵纺线线，
不愁吃来也不愁穿。

荞麦开花满坡坡香，
驴驹驹撒欢儿在硷畔上。

红柳鞭杆三尺三，
十二匹骒马一人赶。

三尺三的鞭杆五尺五的梢，
赶起牲灵哟一路欢笑。

边区运输队几十支，
张天成赶牲灵最牛皮。

骡子马儿一色色红，
骆驼队都是双驼峰。

佳米驴驴儿白肚膛，
羊肠小道上也闹嚷嚷。

五金棉花和医药，
咱边区一样都不能少。

运输队牲灵几十万，
就好像蚂蚁贩蛋蛋。

"老落后"如今不落后，
赶着骡子走在队前头。

"谁要再叫我'老落后'，
小心皮鞭子屁股上抽！"

3

高头大马满门道，
响吹细打真热闹。

张天成今天要娶亲，
婆姨是马家小女叫迎春。

大红绸子绾绣球，
新人拜天地手拉手。

脸对脸来口对口，
一把揭开了红盖头……

双扇扇窑门风吹开，
朱板娃张嘴笑起来：

"打干炉，品火色，
再不要剃头挑子一头热！"

"我说的媒顶你吃的饭，
龙王爷女儿才配马王爷！"

李彩彩急得像风车车，
想找个路路没一个辙。

千层鞋底做腮帮子，
张天成你个没脸皮！

我在李家山纺线线，
当你赶牲灵走三边。

我在李家山望穿眼，
你就在榆林找新欢。

我在李家山守空房，
你就入洞房当新郎。

还想着跟你喝交杯酒，
你就和马迎春并了头……

鞋垫上蛇盘九颗蛋，
一剪子剪成碎片片。

荷包上绣了一条龙，

一斧子砍成毛毛虫。

鸳鸯戏水鱼闹莲，
红绸被子直撕烂。

一张黄表纸一碗水，
就顶我给你随大礼……

猛格喇嚓①鸡叫鸣，
才知道做了半夜梦！

---

① 猛格喇嚓：突然。

4

"黄米捞饭熬酸菜,
一样的客人你两样待。"

朱板娃菜里放少了盐,
李万禄说话没遮拦:

"冰草叶叶上滴露水,
一看你就是个细屎鬼。"

"拿上瓦片擦屁股,
做事不给自个留后路。"

朱板娃哪是省油灯,
又跟李万禄较上劲:

"招过赌博开过店,
眼看黄河一条线。"

"猪食槽伸出狗嘴头,
我哪像他叔事事都清楚!"

合作社里两个红火鬼，
有事没事要拌一阵儿嘴！

猪羊满圈瓜菜满地，
粮囤囤满了睡得美气。

"四二年那么嗬咳大生产呀么嗬咳，
边区的男男女女齐动员那么嗬咳。"

彩彩低头纺线线，
耳边响起《大生产》。

赶牲灵后生好嗓音，
细听又不像是张天成。

鞭花花炸来串铃子响，
不是我的哥哥你不要唱。

天成哥哥捎来了话，
这一趟回来就请假。

天成哥哥捎来了信，

四二年那么嗬咳大生产呀么嗬咳
边区的男男女女齐动员那么嗬咳

这一趟回来就请媒人。

天成哥哥捎来了钱，
这一趟回来就把婚完。

山丹丹花儿自个红，
我还要跟天成哥比输赢。

哥哥你驮了多少盐？
妹妹我纺了几十担棉！

5

清水河湾里流清水，
咱边区召开"劳模会"。

男女老少不识闲，
迎来了军民大生产。

延河水映着宝塔山，
周副主席跟大家比赛纺线线。

手摇纺车好像握套杆，
小鬼子挣扎着快完蛋。

手摇纺车好像弄红缨，
反动派套绳里乱扑腾。

赶牲灵状元张天成，
李彩彩纺线线夺头名。

"劳动模范"顶呱呱，
张天成李彩彩戴红花。

赶牲灵状元张天成
李彩彩纺线线夺头名

别看咱劳模是称号，
在边区人民心中真骄傲！

别看咱奖状一张纸，
是边区人民心中一座碑！

河畔上杨柳扎根深，
领袖和军民心连心。

朱老总种了二亩菜，
西葫芦吊得像烟口袋。

豆角角长辣椒椒红，
大白菜长得似水瓮。

"猪呀羊呀送到哪里去，
送给咱英勇的八路军。"

火塔子照亮了延安街，
火红的秧歌扭了起来。

彩彩的旱船水上漂，

火塔子照亮了延安街
火红的秧歌扭了起来

彩彩的旱船水上漂
艄公张天成抿嘴笑

艄公张天成抿嘴笑。

霸王鞭舞得不透风，
腰鼓打一个鲤鱼跳龙门。

横打扇竖立扇双撩扇，
踢场子的后生们满场子转。

十字步抖肩步前进步，
一步步走出一条光明路……

《兄妹开荒》戏台上唱，
牛羊满山五谷遍地香。

民拥军来军爱民，
咱边区军民一家亲……

霸王鞭舞得不透风
腰鼓打一个鲤鱼跳龙门

横打扇竖立扇双撩扇
踢场子的后生们满场子转

尾
声

骡子叫唤马嘶声，
任务下来当军令。

骆驼走起来一溜山，
一驮子老布一驮子盐。

骡子比马耐力强，
弹药多驮了几十箱。

天空上大雁排成行，
张天成赶牲灵上吕梁。

刚把彩彩迎进门，
小鬼子的"囚笼"逼得紧。

秋后的蚂蚱还想蹦，
串铃响起来一阵风。

疯狗临死了叫三声，
小鬼子最后瞎折腾。

太阳出来霞满天，
运输队出了延水关。

武工队永和关来相迎，
张天成唱起了《赶牲灵》：

"白脖子狗娃朝南咬，
赶牲灵的人儿过来了。"

"你若是我的妹妹招一招手，
你不是我的妹妹走你的路……"

这一回赶牲灵走了个远，
咱抗日根据地要连成片。

这一回赶牲灵过黄河，
乡亲们的军鞋捎了几驮。

这一回赶牲灵到汾阳，
咱"延安精神"要记心上。

这一回赶牲灵上前线，

给鬼子送葬咱要争先。

韩书匠编了本《赶牲灵》，
延安城说到天安门……

1996年5月初稿
2014年10月三稿
2019年11月五稿

后

记

远去的驼铃声

霍竹山

我没见过赶牲灵的爷爷，爷爷在哥哥童年时就走了。爷爷留给我的是一串虎头铜串铃。但比起外爷的驼队，爷爷算是小打小闹了。爷爷赶牲灵多是单干，去时驮着粮油草料，带回来的是布匹、棉花、洋火（火柴）等日用百货。而外爷的驼队回来，好比一个超市，关中的布匹、山西的枣、蒙古的二毛、宁夏的糖，能想到的东西应有尽有。外爷留下的驼铃，就足以说明这些。

外爷半辈子都在赶牲灵的路上，有十二峰骆驼，曾为陕甘宁边区运送物资，两次掉进黄河，不识水性的外爷居然奇迹般地生还。大概阎罗王不肯早收他，外爷就很长寿，老得说起"外国话"了，谁都听不明白他说的是什么，他还发脾气；老得像一张弓了——挂着拐棍的外爷真是立在山坡上的一张弯弓，只是再也拉不动时间的弓弦。

我童年的回忆，都在外爷的山里和父亲牧马的草原上。外爷家里尽是欢乐，是满山摘不完的杏儿、桃子和果子，是半后晌外爷就开始叫唤睡觉的声音。草原是我儿时的一种疼，我不敢与玩伴们一块趴在羊奶头上咂羊奶吃，不敢像他们一样骑在马背上疯跑——我似乎只配骑一只温顺的绵羊，也不敢嚼他们手中风干的羊肉……但抱着父亲骑在马屁股上，我知道了有一种生活叫"赶牲灵"。

一个我叫四爷爷的，骗走我好多童年的"宝贝"。比如，草原小朋友们送我的红玛瑙珠串，被他哄走了最大的一颗，吊在他的烟口袋上了。我看着后悔莫及，又无可奈何，还有一枚很大的古钱币也被他骗去了。怕他再来骗，我就将"宝贝"都埋到了草地里，想着回家时带给母亲，却怎么也找不到了——深秋的鄂尔多斯草原上，我再也找不到一棵红花绿叶的青草了。秋风吹过的草原，只有继续吹来的秋风和被秋风吹过的枯草，一片迷蒙。第二年春天，我还没死心，又去找我的宝贝，才知道草原上的草都是青青的模样，花朵儿们像草原上的一双双眼睛，直愣愣地瞅着我的傻。四爷爷是在草原上放羊的山里老汉，他最能谝谎，总是提他当年赶牲灵的日子，走头的骆驼戴一颗铜铃——七十斤的铃八十斤的芯，包头城起身，榆林城都听得见叮咚叮咚的驼铃声。人家问他："那么重的铃，骆驼戴得动？"他说："敢是薄妙嘛！""再薄妙有斤称管着嘛！"他反倒怨别人打破砂锅问到底不会说话了。可从此，我记住了有一个叫驼铃的物件。

外爷的驼铃，曾作为姐姐小学的铃声，每天清晨响在村庄的天空。小学之后，外爷的驼铃被我偷偷当作废品卖了，换了一支钢笔。上了中学，我才明白，外爷的驼铃是红色文物，是一个时代振聋发聩的声音。外爷曾告诉过我，他跟共和国的几个领导都共过事，他们有的是当时陕甘宁边区政府负责人。当时我还以为外爷骗人，从四爷爷口里得知，还真有这回事儿。又觉得外爷窝囊，也不说找找他们，给为革命做过贡献的自己弄个一官半职当当。四爷爷后来说："你外爷挣下的响洋用斗量——哪还看得下吃公家饭！"不知道四爷爷的话又是不是真的。

多少年来，外爷的驼铃声一直萦绕在我的耳边。一首《赶牲灵》的陕北民歌，成了我的最爱，一开口便是"走头头（的那个）骡子（哟）三盏盏（的那个）灯，（哎哟）戴上了（的那个）铃子（哟噢）哇哇（的那个）声"。二十多年前，在我的倡议下，我曾与两位作者合写过《赶牲灵》的信天游。尽管只三百几十行的信天游，可也折腾了我近半年时间。年轻时看事总不很顺眼，《赶牲灵》的主人公刘双成，新中国成立后变成了"坏良心"：

上河里流水下河里淌，

刘双成永宁当了"二科长"。

消息传来一阵风，
彩彩心热坐不定。

千里路上寻亲人，
抱上娃娃就起身。

盐池买了些油麻花，
打干站过了高家沙。

天下黄河富银川，
永宁县城街面宽。

"刘科长今天成大婚"，彩彩"洋装认不得转过身……"
陕北好婆姨彩彩抱着娃娃回家了，"一幅幅窗花一双双鞋，
一肚子心事黄河里埋"。在诗的结尾，我还为丧尽天良的刘
双成安排了迟到的恶报："后来刘双成回了乡，又赶了大车
干本行。驾辕的骡子拉套的马，一个人过日子灰塌塌。"

但之前的《赶牲灵》，又成了我这些年来的一块心
病。我没有将心中的情感表达出来，"赶牲灵"其实是那
个火红时代一种奉献精神的浓缩，而我似乎更注重了一
段爱情故事。于是我重新开始了《赶牲灵》的创作。其
间，我曾两次独自骑着骡子穿越毛乌素沙漠，没有路就
看着太阳走。到了毛乌素沙漠的腹地，恐惧也来了：要

是迷了路，骡子识途吗？每个沙蒿蒿林里都好像有一只狼在盯着我，这沙漠里还有没有狼了？在乡上当文书时，山里来了几只狼，咬死了不少羊，公安局派来一个打狼队，却只找到了一些狼毛和狼粪——狼该不会跑到这沙漠里来吧？唉，说甚都应该带一杆堂·吉诃德的长枪，而不是两瓶狼不喝的烧酒！

　　毛乌素沙漠之行，使我对"赶牲灵"有了一种真实的体验。驼铃声声里，走过了为陕甘宁边区赶牲灵的刘双成，抑或那就是我赶牲灵的外爷：

　　　　头骡子高来二骡子好，
　　　　三骡子带上了过山鸟。

　　　　马尥蹶子驴撒奸，
　　　　鞭子响两声才听使唤。

　　　　单峰子骆驼双胳膝跪，
　　　　几百斤的盐驮子压驼背。

　　　　太阳上来满山红，
　　　　为边区赶牲灵真光荣！

　　我在信天游咏叹爱情的同时，将故事放到陕甘宁边区赶牲灵反封锁的大背景下，融入更多陕北文化元素，赶牲灵就不再是"赶牲灵"了，而成为一个时代火热的文化符号，一个需要历史记住的名词，一个值得我们怀念且思考的动词。我同时想着，《赶牲灵》不仅是我的一部信天游叙事诗，更应该是小说家的一部长篇著作，是作曲家的一部民族音乐史诗，是导演的一部情节动人、场面宏大的电影或电视剧。

"信天游"是我这些年创作的一个主题，为计划中的陕北民歌三部曲写作，我痛苦并快乐着。现在，《走西口》《兰花花》之后的第三部——《赶牲灵》就要出版了，虽然这已是我的第九部书了，但我仍然感到欣慰，因为我正在为传统信天游赋予新的活力。我相信这比一些所谓的新诗更有价值。

月落西山三星升，
耳朵贴着窗棂棂。

骡子吃草马吃料，
窗台下老鼠吱吱叫。

门栓栓抹点老麻子油，
轻轻开来慢慢走。

绣花红鞋提手中，

就像狸猫溜墙根。

在"信天游"里，我努力找寻生活的细节——这才是诗歌的黄金，当然也是一切艺术生命力的黄金。我更注重"赋"的铺陈手法。我以为在"信天游"的创作中，"赋"是"比"和"兴"的延伸，只有在"赋"的作用下，"比"和"兴"才具备无限的张力。

是为《赶牲灵》后记。

2019年11月14日

图书在版编目（CIP）数据

赶牲灵 / 霍竹山著. -- 北京：作家出版社，2020. 10
ISBN 978-7-5212-1106-1

Ⅰ . ①赶… Ⅱ . ①霍… Ⅲ . ①诗集 – 中国 – 当代 Ⅳ . ①I227

中国版本图书馆CIP数据核字（2020）第168481号

赶牲灵

作　　者：霍竹山
责任编辑：秦　悦
装帧设计：崔　凯
剪　　纸：华月秀
出版发行：作家出版社有限公司
社　　址：北京农展馆南里10号　　邮　　编：100125
电话传真：86-10-65067186（发行中心及邮购部）
　　　　　86-10-65004079（总编室）
E-mail:zuojia@zuojia.net.cn
http://www.zuojiachubanshe.com
印　　刷：北京玺诚印务有限公司
成品尺寸：142×210
字　　数：76千
印　　张：5.375
版　　次：2021年1月第1版
印　　次：2021年1月第1次印刷
ISBN　978-7-5212-1106-1
定　　价：58.00元